Gare au dragon !

Philippe Barbeau
Eric Puybaret

Père Castor
Flammarion

1. Un nouveau voisin

Au creux d'une profonde vallée
se trouvait un village.
Les habitants de ce village vivaient
tranquillement depuis toujours.
Le chasseur chassait,
le cultivateur cultivait
et le forgeron forgeait.
Ils étaient très heureux.

Hélas, un jour, un dragon gros,
gras et ventru arriva.
Il rugit, cracha du feu sept fois,
puis il s'installa dans une grotte
au fond de la vallée,
près du village.

Le chasseur ne chassa plus
avec le même plaisir,
le cultivateur ne cultiva plus
avec la même joie
et le forgeron ne forgea plus
avec le même entrain.
Les villageois avaient peur
du dragon.

Alors le maire se rendit
à la grotte. Il supplia
d'une voix tremblante :
– Dragon ! Éloigne-toi
de notre village !

Le dragon gros, gras et ventru
rugit, cracha du feu sept fois,
puis il gronda :
– Je partirai quand j'aurai fait
un bisou à l'un d'entre vous.
Que trois villageois viennent
me voir avec un cheval.

Le maire, catastrophé,
regagna le village.
Il demanda trois volontaires
pour obéir au dragon.
–Je dois chasser, dit le chasseur.
Si je vais voir le dragon,
vous n'aurez plus
de bonne viande à manger.
–Je dois cultiver,
ajouta le cultivateur.
Si je vais voir le dragon,
vous n'aurez plus de blé
pour faire du pain doré.
–Je dois forger, expliqua le forgeron.
Si je vais voir le dragon,
vous n'aurez plus d'outils
pour travailler.

Les autres villageois avaient
aussi de très bonnes excuses.
Seul Zozo dit :
– Je veux bien y aller !

Zozo était le plus maladroit
des villageois. Quand il plantait
un clou, il se tapait sur les doigts.
Quand il grimpait sur une échelle,
il se flanquait par terre.
Quand il nettoyait une étable,
il tombait dans le fumier.
Il était aussi très mal habillé,
avec une veste trop large,
un pantalon trop long
et des chaussures trop grandes.
Vraiment, il était ridicule.

Pourtant, tout le monde aimait
Zozo.

Mais le maire ne l'écouta pas,
et il bougonna :
— Puisque c'est ainsi, je vais
me dévouer.

Flanqué de deux conseillers,
il choisit un cheval et partit
vers la grotte.

2. Le maire s'en va en guerre

— Ah, quel malheur!
se lamentèrent le chasseur,
le cultivateur, le forgeron
et les autres villageois.
Le maire, les deux conseillers
et le cheval vont se faire griller,
hacher menu et dévorer!

Et chacun courut se réfugier dans sa maison. Un grand silence tomba alors sur le village.

Soudain, du côté de la grotte, un rugissement retentit. Le cheval poussa un terrible hennissement, et le maire et les deux conseillers crièrent des "Ah!", des "Oh!", des "Ouh!"…

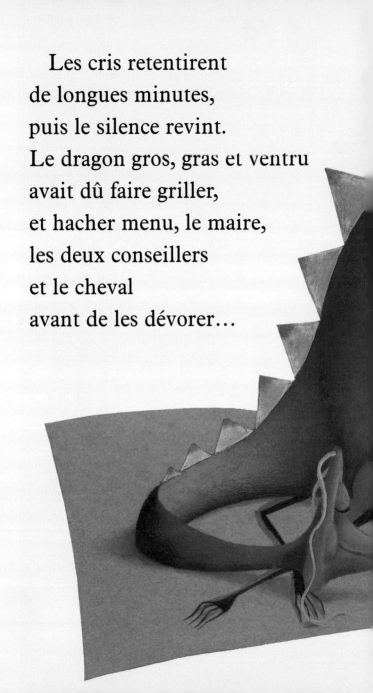

Les cris retentirent
de longues minutes,
puis le silence revint.
Le dragon gros, gras et ventru
avait dû faire griller,
et hacher menu, le maire,
les deux conseillers
et le cheval
avant de les dévorer...

Les villageois sortirent
de chez eux et se réunirent
sur la place de l'église.
Le chasseur s'apprêta à faire
un discours en souvenir
des disparus.

Soudain titubants, fumants…
mais vivants, le maire,
les conseillers municipaux
et le cheval réapparurent.
Les villageois hurlèrent de joie
et demandèrent
ce qui s'était passé.

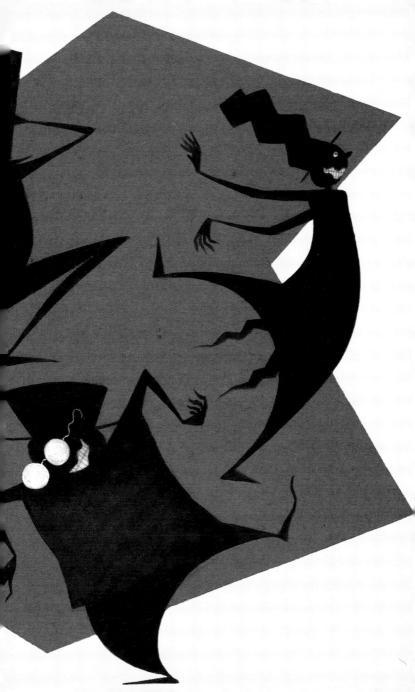

–Ce dragon est fou!
expliqua le maire. Il a d'abord
sauté sur le dos du cheval
et l'a à moitié écrabouillé.
Ensuite, il nous a attrapés
tous les trois et nous a jetés en l'air,
comme s'il jonglait avec nous.
Enfin, il a essayé de nous embrasser;
alors on s'est sauvés!

– Demain, poursuivit le premier
conseiller, il exige que trois
d'entre nous viennent encore
le voir avec un cheval.
– Il en sera ainsi tous les jours,
conclut le deuxième conseiller.
Il faut nous en débarrasser,
sinon…

Et le maire demanda un volontaire
pour aller tuer ce dragon.
Les villageois regardèrent le ciel
en sifflotant.

Seul Zozo dit :

– Je veux bien y aller !

Le maire ne l'écouta pas plus
que la première fois, et il ordonna :

– Toi, le chasseur, prends ton arc
et tes flèches, et va tuer le dragon.

3. Zozo
s'en mêle...

Le chasseur partit la mort
dans l'âme. Il était certain
de se faire griller, hacher menu
et dévorer.

Il revint pourtant une heure
plus tard, titubant, fumant…
mais vivant.
Le dragon gros, gras et ventru, lui,
se portait toujours à merveille.

   Le cultivateur partit ensuite
pour l'égorger avec sa faux.
Puis le forgeron le rejoignit
pour assommer le dragon
avec son gros marteau.

Et tous deux revinrent titubants, fumants… mais vivants.
Le dragon gros, gras et ventru, lui, était toujours en pleine forme.

Le maire s'apprêtait
à désigner quelqu'un d'autre
quand Zozo annonça encore :
– Je vais y aller !

Le maire l'entendit enfin,
et souffla :
– Bah ! Si tu veux.

Zozo prit un bouclier
et se donna un coup sur le nez.
Tout le monde sourit.

Zozo passa une épée à sa ceinture
et déchira son pantalon.
Tout le monde pouffa.

Zozo grimpa sur un vieux cheval
et se retrouva par terre.
Tout le monde éclata de rire.

Enfin, Zozo remonta
sur le cheval et partit vers la grotte.
Plus personne ne rigola.

4. Un bisou tout chaud

Quand il aperçut Zozo,
le dragon gros, gras et ventru
rugit et cracha du feu sept fois.

Zozo tira son épée.

Déséquilibré, il tomba du cheval.

Le dragon sourit.

Zozo leva son épée.
Sans le faire exprès,
il coupa une branche
qui lui dégringola sur la tête.
Le dragon pouffa.

Zozo s'élança, l'épée en avant.
Il s'empêtra aussitôt
dans ses vêtements, et s'étala
au milieu d'une flaque de boue.
Le dragon éclata de rire.

Plus Zozo essayait de se relever, plus il s'empêtrait.

Le dragon gros, gras et ventru rit tant et tant qu'il en pleura.

Peu à peu, les larmes éteignirent le feu de sa gorge.

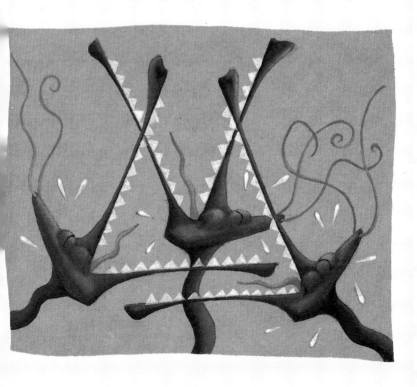

Alors, il s'approcha de Zozo toujours emmêlé dans ses vêtements trop grands. Il l'attrapa et... lui donna un bisou sur le nez.

Le museau du dragon était
encore chaud.
Le nez de Zozo rougit aussitôt.

Un éclair jaillit
et le dragon redevint
tel qu'il était autrefois,
avant qu'un abominable sorcier
ne lui jette un sort :
une très belle écuyère jongleuse.

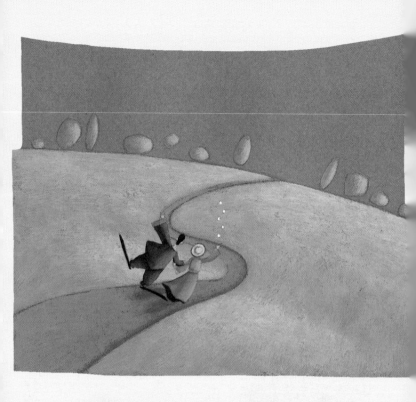

L'écuyère jongleuse saisit
la main de Zozo. Ils s'en allèrent
ensemble et fondèrent un cirque.
Avec son nez rouge
et ses vêtements trop grands,
Zozo devint le premier clown.

Depuis, les années ont passé.
Mais, en souvenir de Zozo,
les clowns portent souvent
un nez rouge et des vêtements
trop grands.

Autres titres
de la collection

Moitié de Poulet

Moitié de Poulet se rend à la cour du roi.
En chemin, il croise un loup, une rivière
et un renard qui lui demandent de l'aide…

Cocolico!

Ce matin, le coq Coquelicot a une extinction
de voix qui l'empêche de réveiller le baron!
Ce dernier est très en colère…

La soupe aux loups

Lorsque la recette de la soupe aux choux
se transforme en recette de soupe aux loups,
c'est la panique dans le royaume!

Kolos et les quatre voleurs

Le géant Kolos est furieux d'être réveillé
en pleine nuit. «Si j'attrape ces voleurs,
je les écrabouille, je les écrasibouille!»

La petite fille du port de Chine

Le terrible Dragon-Serpent terrifie
un village. Un soir, il voit danser
une petite fille au bord de l'eau…